Traduction (de l'allemand)
et rédaction du texte documentaire (page 30)
par Pierre Bertrand

ISBN 978-2-211-**09722**-2
www.ecoledesloisirs.fr
www.ecoledesmax.com

© 2008, Atlantis,
chez Orell Füssli Verlag AG, Zurich, Suisse
Titre original : « Zehn Blätter fliegen davon »
© 2009, l'école des loisirs, Paris
Loi n° 49.956 du 16 juillet 1949
sur les publications destinées
à la jeunesse : septembre 2009
Dépôt légal : novembre 2017
Imprimé en France par Loire-Offset Titoulet à Saint Etienne

Anne Möller

feuilles
volantes

mise en images par l'auteur

ARCHIMÈDE

l'école des loisirs

11, rue de Sèvres, Paris 6ᵉ

Dix feuilles ont poussé sur la branche d'un saule.
Mais maintenant elles jaunissent, car l'automne est arrivé.

Une tempête survient.
Elle arrache les feuilles de la branche
et les emporte.

L'une d'elles tombe dans un ruisseau.
Elle sauve la vie d'une sauterelle
qui était tombée à l'eau, elle aussi.

Un écureuil récupère une autre feuille et l'emporte.
Il en a besoin pour compléter le nid douillet
qu'il est en train de se faire.

Une autre encore tombe dans l'allée d'un parc.
Une promeneuse, qui n'a pas son carnet sur elle,
utilise cette troisième feuille pour noter
un numéro de téléphone.

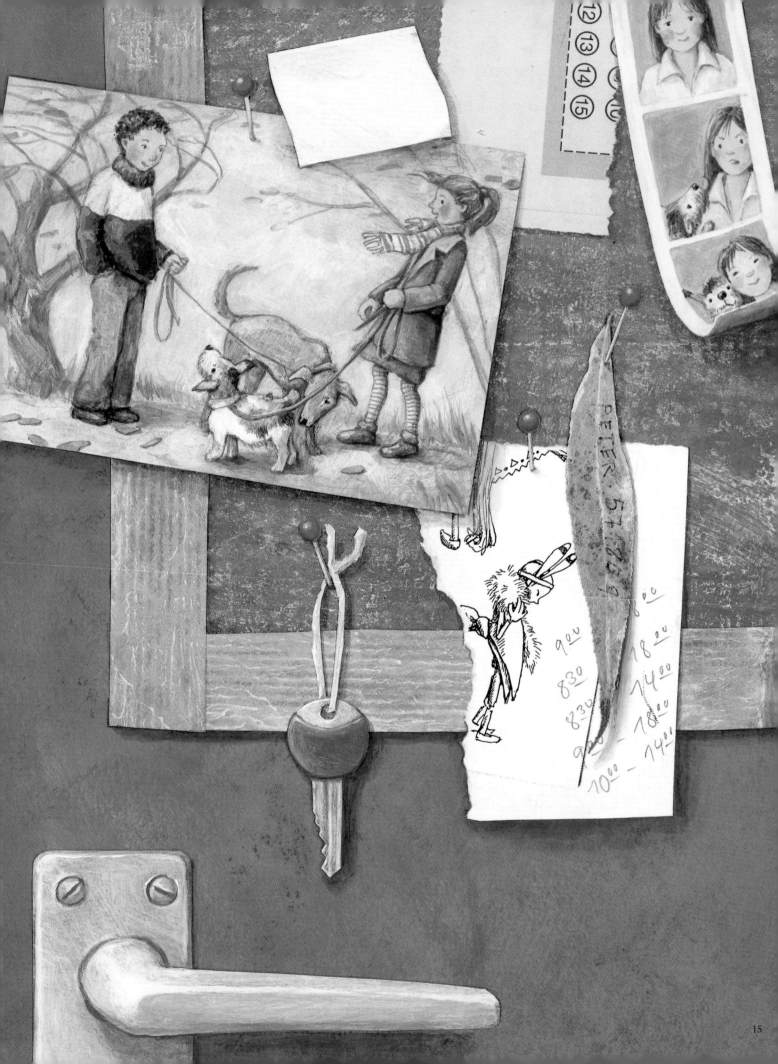

Dans le parc, des enfants herborisent : ils recueillent des feuilles et des plantes pour en faire un herbier.
Chez eux, trois feuilles de saule deviendront des poissons dans un dessin.

Ces enfants font bien d'autres choses
avec les feuilles séchées.
Par exemple, une feuille de saule
sert au décor d'un lampion.

Ailleurs, une feuille de saule devient la voile d'un petit bateau.

Une autre tombe au milieu de brindilles sèches.
Une famille allume un feu
pour faire cuire des saucisses.
La feuille brûle avec le bois.

La dernière feuille de saule ne va pas loin.
Elle tombe par terre, juste au pied de l'arbre.
De petits insectes la grignotent.
Finalement, un ver la tirera sous terre et la mangera.
La crotte qu'il laissera derrière lui deviendra un engrais
pour l'arbre.

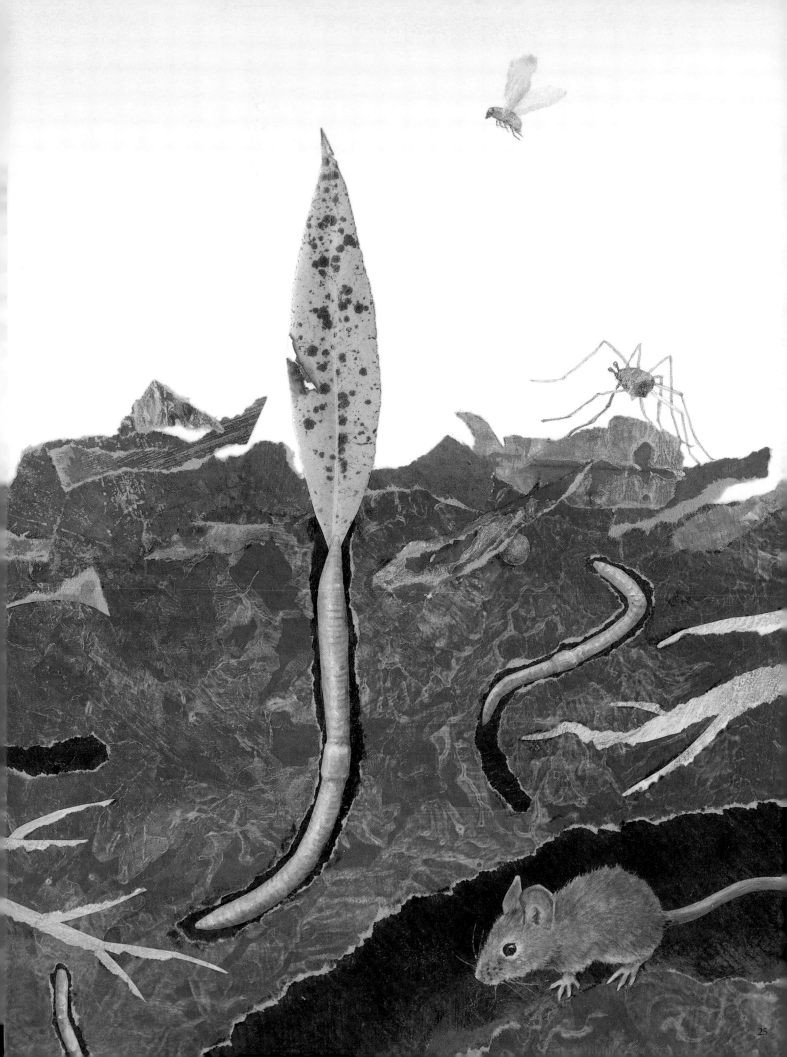